みんなの日本語
スリーエー ネットワーク
3A Corporation

Minna no Nihongo

大家的 初級II
日本語

（第14課から第25課まで）

企画・編集
スリーエーネットワーク
大新書局

會話 DVD

6種字幕 可供選擇

大新書局 製作發行

前　言

　　由於**大家的日本語**系列教材，於1999年在國內出版後，廣受教師與學習者好評，原出版社除在各種周邊附屬教材不遺餘力的開發下，對於教材中的各課「會話」部份，實況錄影拍攝的需求也與日俱增。

　　於是，去年經由綿密的規劃，並且在**（株）スリーエーネツトワーク**的全力配合及指導之下，由大新書局出資並實地的在日本實況拍攝了**大家的日本語**系列教材 1-50 課的會話內容。

　　爲了方便與各冊教材的搭配使用，分爲四卷以錄影帶方式出版；但是由於**DVD**放影機之日漸普及，我們率先以**DVD**方式出版，以期能提供高畫質、多功能的另類學習法，其主要目的是希望學習者能夠透過清晰的影像及實際的場面，更加身歷其境的去理解如何使用日語，同時對日本的文化及風俗習慣有更深一層的認識與了解。

　　這些影像不僅可以讓學習者像在看電視劇一樣的輕鬆學習，也可以提供教師在視聽教學時有更多的的選擇與素材，使教學更加生動活潑。

　　所以，除了可以將各課的會話場面提示給學習者，以順利導入會話之外，影像裡收錄的各種場景，也可以提供學習上更多有趣的素材。

　　除**DVD**之外，同時也附有會話單字、課文、假名標準語調標記、中譯、文法解說及練習，可以提供廣大的學習者自修使用。

　　共四套的**DVD**教材，考慮到發行地區的普及，特別在選單上做了(1)無字幕，(2)日文字幕，(3)中文字幕–繁體，(4)中文字幕–簡體，(5)韓文字幕的方式來供學習者做不同的選擇，以國人爲例：先選擇(3)中文字幕，了解整個會話的大意內容後，再選擇(2)日文字幕邊看邊背誦，最後選擇(1)無字幕來驗收自己對實況會話，融會貫通的學習成果。

　　製作過程中，感謝所有曾經參與並克服技術困難的協力單位，我們期盼這史無前例的新嘗試，能爲日語學習者帶來莫大的助益。

大新書局　編輯部
2002 年 5 月

目次

第 **14** 課　梅田まで　行って　ください

麻煩到梅田

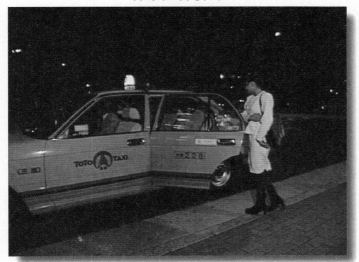

学習のポイント

1 あの　信号を　右へ　曲がって　ください

2 まっすぐですか

3 あの　花屋の　前で　止めて　ください

4 これで　お願いします

5 200円の　お釣です

単語

1. うめだ　　　　　　　　　梅田　　　　　　　大阪的地名
2. うんてんしゅ　　　　　　運転手　　　　　　司機
3. しんごうを　みぎへ　まがって　ください。

　　　　　　　　　　　　　信号を　右へ　曲がって　ください。

　　　　　　　　　　　　　　　　　　　　請在紅綠燈處右轉。

4. まっすぐ　　　　　　　　　　　　　　　　直直地
5. いきます（いって）　　　行きます（行って）　去
6. はなや　　　　　　　　　花屋　　　　　　　花店
7. まえ　　　　　　　　　　前　　　　　　　　前，前面
8. とめます（とめて）　　　止めます（止めて）　停止，停車
9. これで　おねがいします。

　　　　　　　　　　　　　これで　お願いします。

　　　　　　　　　　　　　　　　　　　　我用這付錢。

10. おつり　　　　　　　　　お釣り　　　　　　零錢

梅田まで　行って　ください

梅田まで 行って ください

1 カリナ：梅田まで お願いします。

2 運転手：はい。

        ※   ※   ※

3 カリナ：すみません。あの 信号を 右へ 曲がってください (1)。

4 運転手：右ですね。

5 カリナ：ええ。

        ※   ※   ※

6 運転手：まっすぐですか (2)。

7 カリナ：ええ、まっすぐ 行って ください。

        ※   ※   ※

8 カリナ：あの 花屋の 前で 止めて ください (3)。

9 運転手：はい。1,800円です。

10 カリナ：これで お願いします (4)。

11 運転手：3,200円の お釣りです (5)。ありがとう

         ございました。

梅田まで お願いします。

はい。

麻煩到梅田

◆ かいわ ◆　**DVD** VIDEO　（初級II-T1）

うめだまで　いって　ください

1 カリナ　　　　：うめだまで　おねがいします。

2 うんてんしゅ：はい。

　　　　　　　　　　　※　　　　　※　　　　　※

3 カリナ　　　　：すみません。あの　しんごうを　みぎへ　ま
　　　　　　　　　がって　ください。

4 うんてんしゅ：みぎですね。

5 カリナ　　　　：ええ。

　　　　　　　　　　　※　　　　　※　　　　　※

6 うんてんしゅ：まっすぐですか。

7 カリナ　　　　：ええ、まっすぐ　いって　ください。

　　　　　　　　　　　※　　　　　※　　　　　※

8 カリナ　　　　：あの　はなやの　まえで　とめて　ください。

9 うんてんしゅ：はい。
　　　　　　　　　せんはっぴゃくえんです。

10 カリナ　　　　：これで　おねがいします。

11 うんてんしゅ：さんぜんにひゃくえんの　おつりです。ありがと
　　　　　　　　　う　ございました。

あの　信号を　右へ　曲
がってください。

まっすぐですか。

梅田まで　行って　ください

中　譯　DVD VIDEO（初級 II - T 1）

麻煩到梅田

1 卡莉娜：麻煩到梅田。

2 司　機：好的。

※　　※　　※

3 卡莉娜：對不起，請在那個紅綠燈向右轉(1)。

4 司　機：向右轉對吧。

5 卡麗娜：對。

※　　※　　※

6 司　機：一直走嗎(2)？

7 卡莉娜：對，請一直走。

※　　※　　※

8 卡莉娜：請停在那家花店前面(3)。

9 司　機：好的。 1800 日元。

10 卡莉娜：給你錢(4)。

11 司　機：找您 3200 日元，謝謝您(5)。

1,800 円です

これで　お願いします。

❶ あの 信号を 右へ 曲がって ください

　　動詞「曲がる」是一個表示動作、行為的自動詞，此類動詞表達移動動作時，所經過的場所或是地點要用助詞「を」表示。如：

　　　　(1) 小鳥が空を飛んでいます。　　　　小鳥在天上飛。
　　　　(2) 毎日、公園を散歩します。　　　　每天在公園散步。
　　　　(3) 船で川を渡ります。　　　　　　　乘船過河。
　　　　(4) 角を曲がります。　　　　　　　　在拐角處轉彎。

　　「へ」表示動作的方向。如：

　　　　(1) 図書館へ行きます。　　　　　　　去圖書館。
　　　　(2) 家へ帰ります。　　　　　　　　　回家。

❷ まっすぐですか

　　「まっすぐですか」是一個較簡潔的說法，相當於「まっすぐ行きますか」。表示一直向一個方向前進，不繞路。如：

　　　　(1) まっすぐな線　　　　　　　　　　筆直的線
　　　　(2) まっすぐに座ります。　　　　　　端坐、坐得筆直。
　　　　(3) あなたはまっすぐ帰りますか。　　你直接回去嗎？

　　「まっすぐ」還表示毫不隱瞞，可以用來形容人品或是做事的風格，相當於中文的「正直，耿直，直率」，如：

　　　　(1) まっすぐに物を言う人　　　　　　直言不諱的人
　　　　(2) まっすぐな人　　　　　　　　　　正直的人
　　　　(3) まっすぐに言う　　　　　　　　　坦率地說

❸ あの 花屋の 前で 止めて ください

　　「屋」是接尾詞，接在名詞後，表示經營的店鋪或從事某種工作的人。如：

梅田まで 行って ください

花屋<ruby>(はなや)</ruby> / 花店、賣花的（人）；魚屋<ruby>(さかなや)</ruby> / 魚店、賣魚的（人）；八百屋<ruby>(やおや)</ruby> / 蔬菜店、賣菜的（人）；本屋<ruby>(ほんや)</ruby> / 書店、開書店的人。

「屋」還可接在表示性格、特徵等詞下，是一種稍含輕蔑的稱呼。如：

(1) やかまし屋<ruby>(や)</ruby> / 吹求毛疵的人、好挑剔的人、難對付的人、嚴厲的人

(2) わからず屋<ruby>(や)</ruby> / 不懂事的人、不通情理的人

(3) 気取<ruby>(きど)</ruby>り屋<ruby>(や)</ruby> / 裝腔作勢的人、紈褲子弟

❹ これで　お願<ruby>(ねが)</ruby>いします

「これ」為指示詞，在本課中指自己手中的錢。

❺ ２００円<ruby>(えん)</ruby>の　お釣<ruby>(つり)</ruby>です

「お釣<ruby>(つり)</ruby>」相當於中文的「找的零錢」，如：

(1) お釣<ruby>(つり)</ruby>でございます。　　　　這是找給您的零錢。

(2) お釣<ruby>(つり)</ruby>をください。　　　　　請找給我錢。

和「お釣<ruby>(つり)</ruby>」意思相似的一個詞是「小銭<ruby>(こぜに)</ruby>」。「小銭<ruby>(こぜに)</ruby>」表示的是買東西、繳費時準備的小額貨幣，相當於中文的「零錢，少量資金」，如：

(1) 小銭<ruby>(こぜに)</ruby>で１００円ありますか。　您有一百日元零錢嗎？

(2) 小銭<ruby>(こぜに)</ruby>をためます。　　　　積存零錢。

みんなの日本語 初級II

カリナ： 梅田まで ＿＿＿＿＿＿。

運転手： はい。

　　　　　※　　　※　　　※

カリナ： すみません。あの　信号を ＿＿＿＿＿＿＿＿＿＿。

運転手： 右ですね。

カリナ： ええ。

　　　　　※　　　※　　　※

運転手： ＿＿＿＿＿＿。

カリナ： ええ、まっすぐ　行って　ください。

　　　　　※　　　※　　　※

カリナ： あの　花屋の　前で ＿＿＿＿＿＿＿。

運転手： はい。1,800円です。

カリナ： これで　お願いします。

運転手： 3,200円の ＿＿＿＿です。ありがとう

　　　　ございました。

第 15 課　ご家族は？

你家裡有什麼人

学習のポイント

1　ご家族は
2　特に
3　いらっしゃいます
4　姉はロンドンです
5　高校

単語

1.	きょう		今天
2.	えいが	映画	電影
3.	よかったですね。		真不錯！
4.	とくに	特に	尤其，特別
5.	おとうさん	お父さん	父親
6.	［ご］かぞく	［ご］家族	您的家人
7.	おもいだします（おもいだしました）		
		思い出します（思い出しました）	
			想起來
8.	りょうしん	両親	父母親
9.	あね	姉	姐姐
10.	います		在
11.	どちら		什麼地方
12.	いらっしゃいますか		在（敬語）
13.	ニューヨーク		紐約
14.	こうこう	高校	高中
15.	えいご	英語	英語
16.	おしえます（おしえて）	教えます（教えて）	教

ご家族は？

DVD VIDEO （初級II - T2）

ご家族は？

1 ミラー：きょうの　映画は　よかったですね。

2 木村：ええ。　特に(2)　あの　お父さんは　よかったですね。

3 ミラー：ええ。　わたしは　家族を　思い出しました。

4 木村：そうですか。　ミラーさんの　ご家族は(1)？

5 ミラー：両親と　姉が　1人　います。

6 木村：どちらに　いらっしゃいます(3)か。

7 ミラー：両親は　ニューヨークの　近くに　住んで　います。

姉は　ロンドンです(4)。

木村さんの　ご家族は？

8 木村：3人です。　父は　銀行員です。

母は　高校(5)で　英語を　教えて　います。

きょうの　映画は　よかっ
たですね。

家族を　思い出しました。

你家裡有什麼人　　　**17**

ごかぞくは？

1 ミラー：きょうの　えいがは　よかったですね。

2 きむら：ええ。とくに　あの　おとうさんは　よかったですね。

3 ミラー：ええ。わたしは　かぞくを　おもいだしました。

4 きむら：そうですか。ミラーさんの　ごかぞくは？

5 ミラー：りょうしんと　あねが　ひとり　います。

6 きむら：どちらに　いらっしゃいますか。

7 ミラー：りょうしんは　ニューヨークの　ちかくにすんで　います。

あねは　ロンドンです。

きむらさんの　ごかぞくは？

8 きむら：さんにんです。ちちは　ぎんこういんです。

ははは　こうこうで　えいごを　おしえて　います。

ミラーさんの　ご家族は？

どちらに　いらっしゃいますか。

你家裡有什麼人

1　米　勒：今天的電影眞不錯。

2　木　村：是啊，特別(2)是那個父親演得眞好。

3　米　勒：對，它讓我想起了我的家人。

4　木　村：是嗎，米勒先生家裡有什麼人(1)？

5　米　勒：有父母親和一個姐姐。

6　木　村：他們在什麼地方(3)？

7　米　勒：父母親住在紐約附近。

　　　　　姐姐住在倫敦(4)。

　　　　　木村小姐的家裡有什麼人呢？

8　木　村：三個人。家父是銀行職員。

　　　　　家母在高中(5)教英語。

木村さんの　ご家族は？

父は　銀行員です。

❶ ご家族は

「ご家族は？」是「ご家族は何人いますか?」的省略。可譯作「您家有幾個人？」。「家族」一詞前加了敬語接頭詞「ご」，表示對對方的尊敬。

在日語口語中，疑問句經常可以省略句子的後半部分，句末發升調。如：

(1) お名前は？（お名前は何と言いますか。）

你的名字是？（你叫什麼？／你的名字叫什麼？）

(2) お母さん、今日の晩ご飯は？（晩ご飯のおかずは何ですか。）

媽，今天晚上要吃什麼？（晚飯的菜是什麼？）

此外，日語中「幾口之家」常用「何人家族」表示。如：

「三人家族」（三口之家）「五人家族」（五口之家）

❷ 特に

「特に」是副詞，相當於中文的「特別，尤其」之意。

① 特にこの事に注意してください。

請特別注意一下這件事。

② 英語の成績が特に悪いです。

英語成績特別差。

❸ いらっしゃいます

「いらっしゃいます」是動詞「いらっしゃる」的連用形接「ます」構成的。「いらっしゃる」是動詞「いる」、「来る」、「行く」的敬語表現形式。

(1) 社長さんはいらっしゃいますか。（いますか）

總經理在嗎？

(2) ご両親はどちらにいらっしゃいますか。（いますか）

您父母在哪裡？

(3) 私_{わたし}の家_{いえ}へ遊_{あそ}びにいらっしゃいませんか。（来_きませんか）

不來我家玩嗎？

⑷ これから、どちらへいらっしゃいますか。（行_いきますか）

您現在要去哪裡？

❹ 姉_{あね}はロンドンです

這裡的「姉_{あね}はロンドンです」是指「姉_{あね}はロンドンにいます」（姐姐在倫敦）。

日語中的「～は～です」句型除了表示「～是～」的意思之外，某些場合還可表示「～在～」的意思。如：

（1）私_{わたし}はここです。（＝私_{わたし}はここにいます。）

我在這裡。

（2）母_{はは}は今_{いま}台所_{だいどころ}です。（母_{はは}は今_{いま}台所_{だいどころ}にいます。）

媽媽現在在廚房。

❺ 高校_{こうこう}

在日本，「高校_{こうこう}」指高中。其他的教育機構，如：幼稚園是「幼稚園_{ようちえん}」；小學是「小学校_{しょうがっこう}」；中學（國中）是「中学校_{ちゅうがっこう}」；大學是「大学_{だいがく}」；研究所是「大学院_{だいがくいん}」。此外，專科學校叫做「専門学校_{せんもんがっこう}」；一些兩年制的短期大學叫做「短大_{たんだい}」（「短期大学_{たんきだいがく}」的簡稱）。

ミラー：　きょうの　映画は　＿＿＿＿＿＿＿＿。

木　村：　ええ。　＿＿＿　あの　お父さんは　よかったですね。

ミラー：　ええ。　わたしは　＿＿＿＿＿＿＿＿＿＿。

木　村：　そうですか。　ミラーさんの　ご家族は？

ミラー：　両親と　姉が　1人　います。

木　村：　＿＿＿＿＿＿＿＿＿＿＿＿＿＿＿＿。

ミラー：　両親は　ニューヨークの　近くに　住んで　います。

　　　　　姉は　ロンドンです。

　　　　　木村さんの　＿＿＿＿＿？

木　村：　3人です。　父は　銀行員です。

　　　　　母は　高校で　英語を　＿＿＿＿＿＿＿。

請教我使用方法

学習のポイント

1 使い方を　教えて　ください

2 お引き出しですか

3 キャッシュカードは　ありますか

4 この　確認ボタンを　押して　ください

5 じゃ、まず ここを　押して　ください。次に 金額を　押して
　ください。それから この　確認ボタンを　押して　ください

1. つかいかた　　　　　　　使い方　　　　　　　使用方法
2. おひきだしですか。　　　お引き出しですか。　您提款嗎？
3. まず　　　　　　　　　　　　　　　　　　　首先
4. ここ　　　　　　　　　　　　　　　　　　　這裡
5. おします（おして）　　　押します（押して）　按
6. キャッシュカード　　　　　　　　　　　　　提款卡，現金卡
7. それ　　　　　　　　　　　　　　　　　　　那個
8. いれます（いれて）　　　入れます（入れて）　插入
9. あんしょうばんごう　　　暗証番号　　　　　　密碼
10. つぎに　　　　　　　　　次に　　　　　　　　然後，下個步驟
11. きんがく　　　　　　　　金額　　　　　　　　金額
12. まん　　　　　　　　　　万　　　　　　　　　萬
13. かくにん　　　　　　　　確認　　　　　　　　確認（〜します：進行
確認）
14. ボタン　　　　　　　　　　　　　　　　　　按鈕

会話

DVD VIDEO （初級Ⅱ‐T3）

使い方を 教えて ください

1 マリア：すみませんが、ちょっと 使い方を 教えて ください(1)。

2 銀行員：お引き出しですか(2)。

3 マリア：そうです。

4 銀行員：じゃ、まず ここを 押して ください(5)。

5 マリア：はい。

6 銀行員：キャッシュカードは ありますか(3)。

7 マリア：はい、これです。

8 銀行員：それを ここに 入れて、暗証番号を 押して ください。

9 マリア：はい。

10 銀行員：次に 金額を 押して ください(5)。

11 マリア：5万円ですが、5……。

12 銀行員：この 「万」「円」を 押します。 それから この 確認ボタンを(5) 押して ください(4)。

13 マリア：はい。 どうも ありがとう ございました。

使い方を 教えて ください。

お引き出しですか。

つかいかたを　おしえて　ください

1 マリア　　　　：すみませんが、ちょっと　つかいかたを　おしえて　ください。

2 ぎんこういん：おひきだしですか。

3 マリア　　　　：そうです。

4 ぎんこういん：じゃ、まず　ここを　おして　ください。

5 マリア　　　　：はい。

6 ぎんこういん：キャッシュカードは　ありますか。

7 マリア　　　　：はい、これです。

8 ぎんこういん：それを　ここに　いれて、あんしょうばんごうを　おして　ください。

9 マリア　　　　：はい。

10 ぎんこういん：つぎに　きんがくを　おして　ください。

11 マリア　　　　：ごまんえんですが、ご……。

12 ぎんこういん：この　「まん」「えん」を　おします。それから　この　かくにんボタンを　おして　ください。

13 マリア　　　　：はい。どうも　ありがとう　ございました。

ここを　押して　ください。

はい、これです。

請教我使用方法

1 瑪 麗 亞：對不起，請教我一下使用方法(1)。

2 銀行行員：您要提款嗎(2)？

3 瑪 麗 亞：是的。

4 銀行行員：那麼，先按這裡(5)。

5 瑪 麗 亞：好的。

6 銀行行員：有提款卡嗎(3)？

7 瑪 麗 亞：有，這張。

8 銀行行員：把卡插進這裡，然後按密碼。

9 瑪 麗 亞：好的。

10 銀行行員：再按金額(5)。

11 瑪 麗 亞：想提 5 萬日元，5⋯⋯

12 銀行行員：按這個「万」和「円」。

　　　　　　然後按「確認」(5) 鍵(4)。

13 瑪 麗 亞：知道了。非常感謝。

確認（かくにん）ボタンを　押（お）して
ください。

どうも　ありがとう　ござ
いました。

❶ 使い方を　教えて　ください

　　「使い方」一詞是由動詞「使う」的連用形「使い」接續名詞「方」組合而成，表示「使用方法」。此時，「方」相當於中文的「方式，方法，樣子，情況」。與此類似的複合名詞還有：やり方/做法；字の書き方と読み方/字的寫法和讀法；いたみ方/破損的樣子；混み方/擁擠的情況。

❷ お引き出しですか

　　「引き出し」是動詞「引き出す」的名詞形。如：

　　(1) 貯金の引き出し　　　　　　　　　提取存款

❸ キャッシュカードは　ありますか

　　「キャッシュカード」來自英語的 cash card 一詞，相當於中文的「提款卡」。類似的詞還有「クレジットカード」，來自英語的 credit card，相當於中文的「信用卡」。

❹ この　確認ボタンを　押して　ください。

　　「確認ボタン」相當於中文的「確認鍵，確認按鈕」。「ボタン」單獨使用，除有按鈕之意外，還可表示西裝、襯衫等的紐扣，扣子。如：

　　(1) ボタン（の）穴

　　　　扣眼

　　(2) ボタンをはめます。

　　　　扣上紐扣。

　　(3) ボタンがとれています。

　　　　扣子掉了。

❺ じゃ、まず ここを 押して ください。次に 金額を 押して ください。それから この 確認ボタンを 押して ください

在日語中，表示先後順序的一般説法是：
「まず……。次に……。それから……。」

マリア：　すみませんが、ちょっと　＿＿＿＿＿を　教えて

ください。

銀行員：　お引き出しですか。

マリア：　そうです。

銀行員：　じゃ、＿＿＿　ここを　＿＿＿＿＿＿＿＿＿。

マリア：　はい。

銀行員：　キャッシュカードは　ありますか。

マリア：　はい、これです。

銀行員：　それを　ここに　入れて、＿＿＿＿＿＿を　押して　ください。

マリア：　はい。

銀行員：　＿＿＿＿　金額を　押して　ください。

マリア：　5万円ですが、5······。

銀行員：　この　「方」「円」を押します。

　　　　　＿＿＿＿＿＿　この　＿＿＿＿＿＿＿を　押して　ください。

マリア：　はい。　どうも　ありがとう　ございました。

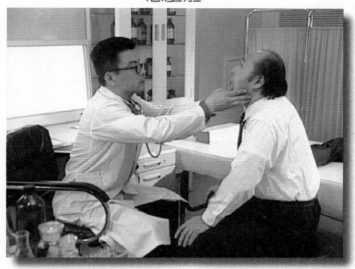

学習のポイント

1 どうしましたか
2 のどが痛い
3 熱
4 かぜ
5 ゆっくり
6 薬を飲む
7 おふろに入る
8 お大事に

1. つるだ 鶴田 鶴田
2. まつもとただし 松本正 松本正
3. いしゃ 医者 醫生
4. どう しましたか。 你怎麼了？
5. きのう 昨天
6. のど 喉嚨
7. ［～が］いたいです。 ［～が］痛いです。 〔～〕痛。
8. ねつ 熱 發燒
9. すこし 少し 一點
10. ちょっと 稍微
11. くち 口 嘴巴
12. あけます（あけて） 開けます（開けて） 開
13. シャツ 襯衫
14. あげます（あげて） 上げます（上げて） 拉起
15. うしろ 後面
16. むきます（むいて） 向きます（向いて） 朝向
17. けっこうです 可以了
18. かぜ 感冒
19. ゆっくり 充分地
20. やすみます（やすんで） 休みます（休んで） 休息
21. とうきょう 東京 東京
22. しゅっちょう 出張 出差
23. ～なければ なりません 必須～
24. くすり 薬 藥
25. のみます（のんで） 飲みます（飲んで） 喝
26. はやく 早く 早
27. ねます（ねて） 寝ます（寝て） 睡覺
28. こんばん 今晩 今晩
29. ［お］ふろ 洗澡
30. はいります（はいらない） 入ります（入らない） 進入
31. おだいじに。 お大事に。 請多保重。（對生病的人說）

DVD (初級 II‑T4)

どう　しましたか

1 案　内：鶴田さん。

2 看護婦：松本さん、松本正さん。

3 松　本：はい。

4 医　者：どう　しましたか(1)。

5 松　本：きのうから　のどが　痛(2)くて、熱(3)も　少し　あります。

6 医　者：そうですか。　ちょっと　口を　開けて　ください。

※　　　※　　　※

7 医　者：シャツを　上げて　ください。

8 松　本：はい。

9 医　者：うしろを　向いて　ください。

10 松　本：はい。

11 医　者：はい、けっこうです。

12 医　者：かぜ(4)ですね。　ゆっくり　休んで　ください。

13 松　本：あのう、あしたから　東京へ　出張しなければ　なりません。

14 医　者：じゃ、薬を　飲んで(6)、きょうは　早く　寝て　ください。

15 松　本：はい。

16 医　者：それから　今晩は　おふろに　入ら(7)ないで　ください。

17 松　本：はい、わかりました。

18 医　者：じゃ、お大事に(8)。

19 松　本：どうも　ありがとう
　　　　　ございました。

20 看護婦：お大事に。

21 案　内：松本さん、
　　　　　お薬です。お大事に。

22 松　本：どうも。

のどが　痛くて、熱も　少し
あります。

怎麼啦

►かいわ◄　DVD（初級II-T4）

どう　しましたか

1 あんない：つるださん。
2 かんごふ：まつもとさん、まつもとただしさん。
3 まつもと：はい。
4 いしゃ　：どう　しましたか。
5 まつもと：きのうから　のどが　いたくて、ねつも　すこしあ
　　　　　　ります。
6 いしゃ　：そうですか。ちょっと　くちを　あけて　ください。
7 いしゃ　：シャツを　あけて　ください。
8 まつもと：はい。
9 いしゃ　：うしろを　むいて　ください。
10 まつもと：はい。
11 いしゃ　：はい、けっこうです。
12 いしゃ　：かぜですね。ゆっくり　やすんで　ください。
13 まつもと：あのう、あしたから　とうきょうへ　しゅっちょう
　　　　　　しなければ　なりません。
14 いしゃ　：じゃ、くすりを　のんで、きょうは　はやく　ねて
　　　　　　ください。
15 まつもと：はい。
16 いしゃ　：それから　こんばんは　おふろに　はいらないでく
　　　　　　ださい。
17 まつもと：はい、わかりました。
18 いしゃ　：じゃ、おだいじに。
19 まつもと：どうも　ありがとう
　　　　　　ございました。
20 かんごふ：おだいじに
21 あんない：まつもとさん、
　　　　　　おくすりです。
　　　　　　おだいじに。
22 まつもと：どうも。

おふろに　入らないで　く
ださい。

怎麼啦

1 服務台：鶴田先生。

2 護　士：松本先生，松本正先生。

3 松　本：來了。

4 醫　生：怎麼啦(1) ？

5 松　本：從昨天起喉嚨痛(2)，也有點發燒(3)。

6 醫　生：是嗎，請把嘴張開一下。

　　　　　　　※　　　※　　　※

7 醫　生：請把襯衫拉起來。

8 松　本：好。

9 醫　生：請向後轉。

10 松　本：好。

11 醫　生：好了。可以了。

12 醫　生：是感冒(4)了，要好好(5)休息。

13 松　本：可是從明天起必須去東京出差。

14 醫　生：那麼，吃完藥(6)後今天就請早點休息。

15 松　本：好的。

16 醫　生：還有今晚不要洗澡(7)。

17 松　本：好，明白了。

18 醫　生：那就請多保重(8)。

19 松　本：謝謝。

20 護　士：請多保重。

21 服務台：松本先生，您的藥，請多保重。

22 松　本：謝謝。

お大事に。

❶ どうしましたか

　　「どうしましたか」是用來詢問對方「怎麼了？」的說法。在口語中還經常使用「どうかしましたか」或「どうしたの」來表示。

❷ のどが痛い

　　日語中，形容詞謂語句的表達方式爲：　体言 + が + 形容詞

　　「のど」指「喉嚨」，「のどが痛い」表示「喉嚨痛」。

　　(1) 味がいい　　　　　　　　　　　味道很好
　　(2) 風が強いですね。　　　　　　　風很大啊！

❸ 熱

　　「熱」原義指「熱，熱量，熱度」。在本課會話中表示「(身體) 發燒，體溫高」之意。此外，「熱」還可以表示「熱情，幹勁」的意思。

　　(1) 熱を加える　　　　　　　　　　加熱
　　(2) 熱が出る / ある　　　　　　　　發燒
　　(3) 熱が下がる　　　　　　　　　　退燒
　　(4) 仕事に熱をいれます。　　　　　加勁工作。

❹ かぜ

　　日語中的「かぜ」一詞有兩種含義：其一表示「風」的意思，寫作「風」；其二表示「傷風，感冒」之意，寫作「風邪」。本課會話中出現的是第二種含義。

　　(1) 風が吹く　　　　　　　　　　　刮風
　　(2) 風が止む　　　　　　　　　　　風停了
　　(3) 風邪を引く　　　　　　　　　　得了感冒
　　(4) 風邪が治る　　　　　　　　　　感冒好了

❺ ゆっくり

　　「ゆっくり」是副詞，原義是「慢慢地，不著急，安安穩穩」的含義。在本課會話中表示「舒適地，安靜地，充分地」之意。如：

(1) ご飯をゆっくり食べてね。　　　慢慢地吃飯啊！

(2) どうぞ、ごゆっくり。　　　　　請慢走。／請慢用。

(3) ゆっくりお休みください。　　　請好好休息。

(4) 一晩ゆっくり休む。　　　　　　舒舒服服地睡一晩。

❻ 薬を飲む

中文和日語某些習慣說法的動詞搭配有很大的區別，使用時須特別注意。如：「吃藥」在日語中說「薬を飲む」，而不說「薬を食べる」；「喝粥」在日語中說「おかゆを食べる」或「おかゆをすする」，而不說「おかゆを飲む」。

❼ おふろに入る

「おふろ」用日文漢字書寫可寫作「お風呂」。原義是指「洗澡用的澡盆、浴缸」，也可指「澡堂、浴池」。「おふろに入る」就是「洗澡、泡澡」的意思。

日本擁有眾多溫泉這一得天獨厚的自然條件，所以日本人非常喜愛洗澡，泡溫泉。甚至有人把日本文化稱之為「お風呂の文化」(浴池的文化)。「おふろに入る」(泡澡) 幾乎成了日本人每天生活中不可缺少的環節之一。

此外，「淋浴」一詞在日語中的說法是「シャワーをあびる」。

❽ お大事に

「お大事に」是日本人問候病人時常用的寒暄語，相當於中文的「請多保重」、「祝您早日康復」之意。但是，如果對方不是生病的人則一般不用「お大事に」表達「請多保重」之意，而習慣說「お元気で」。

(1) よく休んで、お大事に。

　　　好好休息，請多保重。(問候生病的人)

(2) じゃ、お元気で、さようなら。

　　　那麼，請多保重，再見。(即將長期分別時互道珍重用)

練習

案　　内：鶴田さん。

看護婦　：松本さん、松本正さん。

松　　本：はい。

医　　者：＿＿＿＿＿＿＿＿＿＿。

松　　本：きのうから　のどが　痛くて、熱も　少し　あります。

医　　者：そうですか。　ちょっと　＿＿＿＿＿＿＿＿＿＿＿＿。

　　　　　　※　　　　　※　　　　　※

医　　者：シャツを　上げて　ください。

松　　本：はい。

医　　者：うしろを　向いて　ください。

松　　本：はい。

医　　者：はい、けっこうです。

医　　者：＿＿＿ですね。　ゆっくり　休んで　ください。

松　　本：あのう、あしたから　東京へ　＿＿＿＿＿＿＿＿＿＿＿。

医　　者：じゃ、薬を　飲んで、きょうは　早く　＿＿＿＿＿＿＿＿。

松　　本：はい。

医　　者：それから　今晩は　おふろに　＿＿＿＿＿＿＿＿＿＿＿。

松　　本：はい、わかりました。

医　　者：じゃ、＿＿＿＿＿＿。

松　　本：どうも　ありがとう

　　　　　ございました。

看護婦　：お大事に。

案　　内：松本さん、

　　　　　お薬です。＿＿＿＿＿＿。

松　　本：どうも。

　　どう　しましたか

第 18 課 趣味は 何ですか

你的興趣是什麼

学習のポイント

1 趣味は 何ですか

2 へえ、それは おもしろいですね

3 北海道に 馬の 牧場が ～

4 ほんとうですか

単語（たんご）

1. しゅみ　　　　　　　　　　　趣味　　　　　　興趣
2. どんな　　　　　　　　　　　　　　　　　　什麼樣的
3. どうぶつ　　　　　　　　　　動物　　　　　　動物
4. うま　　　　　　　　　　　　馬　　　　　　　馬
5. すきです　　　　　　　　　　好きです　　　　喜歡
6. へえ　　　　　　　　　　　　　　　　　　　真的嗎！（表示驚訝）
7. それは　おもしろいですね。　　　　　　　　那一定很有意思。
8. とります（とりました）

　　　　　　　　　　　　　　　撮ります（撮りました）

　　　　　　　　　　　　　　　　　　　　　　拍照
9. なかなか　　　　　　　　　　　　　　　　　不容易（用於否定）
10. みます（みる）　　　　　　　見ます（見る）　看
11. こと　　　　　　　　　　　　　　　　　　　形式名詞
12. ほっかいどう　　　　　　　　北海道　　　　　北海道
13. ぼくじょう　　　　　　　　　牧場　　　　　　牧場
14. たくさん　　　　　　　　　　　　　　　　　很多
15. ほんとうですか。　　　　　　　　　　　　　真的嗎？
16. なつやすみ　　　　　　　　　夏休み　　　　　暑假
17. ぜひ　　　　　　　　　　　　　　　　　　　務必
18. 〜たい　　　　　　　　　　　　　　　　　　想〜

趣味（しゅみ）は　何（なん）ですか

趣味は　何ですか

1 山　　田：サントスさんの　趣味は　何ですか (1)。

2 サントス：写真です。

3 山　　田：どんな　写真を　撮りますか。

4 サントス：動物の　写真です。　特に　馬が　好きです。

5 山　　田：へえ、それは　おもしろいですね (2)。
日本へ　来てから、馬の　写真を　撮りましたか。

6 サントス：いいえ。
日本では　なかなか　馬を　見る　ことが　できません。

7 山　　田：北海道に　馬の　牧場が (3)　たくさん　ありますよ。

8 サントス：ほんとうですか (4)。
じゃ、夏休みに　ぜひ　行きたいです。

第 **18** 課　趣味は　何ですか

趣味は　何ですか。

写真です。

◆▶ かいわ ◀◆　**DVD** VIDEO （初級Ⅱ‐T5）

しゅみは　なんですか

1 やまだ：サントスさんの　しゅみは　なんですか。

2 サントス：しゃしんです。

3 やまだ：どんな　しゃしんを　とりますか。

4 サントス：どうぶつの　しゃしんです。とくに　うまが　すきです。

5 やまだ：へえ、それは　おもしろいですね。
　　　　　にほんへ　きてから、うまの　しゃしんを　とりましたか。

6 サントス：いいえ。
　　　　　にほんでは　なかなか　うまを　みる　ことが　できません。

7 やまだ：ほっかいどうに　うまの　ぼくじょうが　たくさん　ありますよ。

8 サントス：ほんとうですか。
　　　　　じゃ、なつやすみに　ぜひ　いきたいです。

それは　おもしろいですね。　　馬を　見る　ことが　で
　　　　　　　　　　　　　　　きません。

　趣味は　何ですか

你的興趣是什麼

1 山　　田： 山多斯先生你的興趣是什麼₍₁₎？

2 山多斯： 攝影。

3 山　　田： 都拍攝什麼樣的相片？

4 山多斯： 動物的相片。尤其喜歡馬。

5 山　　田： 哦，那的確很有趣₍₂₎。
　　　　　 來日本之後拍過馬的相片嗎？

6 山多斯： 沒有。
　　　　　 在日本很不容易看到馬。

7 山　　田： 在北海道有很多養馬的牧場₍₃₎。

8 山多斯： 眞的嗎₍₄₎？
　　　　　 那暑假時一定要去一趟。

第

18

課

趣味は

何ですか

馬の　牧場が　たくさん
あります よ。

夏休みに　ぜひ　行きた
いです。

解説

❶ 趣味は 何ですか

　　在日語中，「趣味」和「興味」的意思相似，「趣味」多是指嗜好、喜好；「興味」指對某事的興趣、興致。如：

　　(1) 私の趣味は切手収集です。

　　　　我的嗜好是集郵。

　　(2) 彼は詩に興味がありません。

　　　　他對詩沒興趣。

　　(3) 興味のある仕事

　　　　有興趣的工作。

　　(4) 文学に興味を覚えます（感じます）。

　　　　對文學感興趣，喜好文學。

❷ へえ、それは おもしろいですね

　　是感嘆詞，在說話人表達佩服、震驚、稍有懷疑或是厭惡的感情時使用，相當於中文的「啊，咦」。如：

　　(1) へえ、そりゃ 大変だ。

　　　　哎呀！那可不得了。

❸ 北海道に馬の 牧場が ～

　　日本的行政區劃是：一都一道兩府四十三縣。其中「一道」就是指「北海道」。它位於日本北部，是日本四大島嶼之一，有全日本最大的牧場。

❹ ほんとうですか

　　「ほんとう（本当）」在本課中是名詞，此外，它還有形容詞的用法，相當於中文的「眞，眞的，實在」。如：

　　(1) 今年の夏は本当に暑いです。

　　　　今年的夏天實在熱。

(2) 本当にお気の毒です。

實在可憐。

(3) 本当にありがとう。

實在感謝。

在口語中，也可使用「ほんと」。

練 習

山　田：サントスさんの ＿＿は 何ですか。

サントス：＿＿です。

山　田：どんな 写真を ＿＿＿＿か。

サントス：動物の 写真です。 特に 馬が 好きです。

山　田：へえ、＿＿＿＿＿＿＿＿＿＿＿＿＿。
　　　　日本へ 来てから、馬の 写真を 撮りましたか。

サントス：いいえ。
　　　　日本では なかなか 馬を ＿＿＿＿＿＿＿＿＿＿＿。

山　田：北海道に ＿＿＿＿＿が たくさん ありますよ。

サントス：ほんとうですか。
　　　　じゃ、夏休みに ＿＿＿＿＿＿＿＿＿。

減肥從明天開始

学習のポイント

1　ダイエット
2　乾杯
3　実は
4　何回も
5　しかし
6　無理
7　体にいい

単語

1. みな　　　　　　　　　皆　　　　　　全體
2. かんぱい　　　　　　　乾杯　　　　　乾杯
3. まつもとよしこ　　　　松本良子　　　松本良子
4. あまり　　　　　　　　　　　　　　不太（後接否定）
5. じつは　　　　　　　　実は　　　　　老實說，說真的
6. ダイエット　　　　　　　　　　　　減肥（～をします：進
　　　　　　　　　　　　　　　　　　　行減肥）
7. します（して）　　　　　　　　　　做（て形）
8. なんかいも　　　　　　何回も　　　　多次
9. します（した）　　　　　　　　　　做（過去式）
10. りんご　　　　　　　　　　　　　蘋果
11. ～だけ　　　　　　　　　　　　　只～
12. ～たり、～たりします（しました）　又～又～（表示例舉）
13. みず　　　　　　　　　水　　　　　水
14. しかし　　　　　　　　　　　　　但是，可是
15. むり［な］　　　　　　無理［な］　不可能〔的〕，難做到
　　　　　　　　　　　　　　　　　　　〔的〕
16. からだに　いい（からだに　よくない）
　　　　　　　　　　　　体に　いい（体に　よくない）
　　　　　　　　　　　　　　　　　　對身體好
17. ケーキ　　　　　　　　　　　　　蛋糕
18. おいしい　　　　　　　　　　　　好吃的

　　ダイエットは　あしたから　します

ダイエット(1)は あしたから します

1 皆：乾杯(2)。

　　　※　　　※　　　※

2 松本部長：どうも。すみません。

　　　　　どうも。どうぞ。

3 松本良子：マリアさん、あまり　食べませんね。

4 マリア：ええ。実は(3)　きのうから　ダイエットをしています。

5 松本良子：そうですか。わたしも　何回も(4)　ダイエットを　したことが　あります。

6 マリア：どんな　ダイエットですか。

7 松本良子：毎日　リンゴだけ　食べたり、水を　たくさん　飲んだり　しました。

8 松本部長：しかし(5)、無理(6)な　ダイエットは　体に(7)　よくないですよ。

9 マリア：そうですね。

10 松本良子：マリアさん、この　ケーキ、おいしいですよ。

11 マリア：そうですか。

　　　……。ダイエットは　また　あしたから　します。

きのうから　ダイエットをしています。

第19課 ダイエットは あしたから します

減肥從明天開始

かいわ **DVD** VIDEO （初級II - T6）

ダイエットは あしたから します

1 みな ：かんぱい。

　　　　　　　　　　 ※　　　 ※　　　 ※

2 まつもとぶちょう：どうも。すみません。
　　　　　　　　　　 どうも。どうぞ。

3 まつもとよしこ：マリアさん、あまり たべませんね。

4 マリア ：ええ。じつは きのうから ダイエットをし
　　　　　　　　　　 ています。

5 まつもとよしこ：そうですか。わたしも なんかいも ダイエッ
　　　　　　　　　　 トを した ことが あります。

6 マリア ：どんな ダイエットですか。

7 まつもとよしこ：まいにち リンゴだけ たべたり、みずを
　　　　　　　　　　 たくさん のんだり しました。

8 まつもとぶちょう：しかし、むりな ダイエットは からだに
　　　　　　　　　　 よくないですよ。

9 マリア ：そうですね。

10 まつもとよしこ：マリアさん、この ケーキ、おいしいですよ。

11 マリア ：そうですか。

　　　　　　　　　　 ……。ダイエットは また あしたから します。

何回も ダイエットを
したことが あります。

（初級 II - T6）

減肥 (1) 從明天開始

1 全　　體：乾杯 (2)！

※　　　※　　　※

2 松本部長：你好，借過一下。你好。請。

3 松本良子：瑪麗亞，你不大吃呀。

4 瑪　麗　亞：是的。老實說 (3) 是因為從昨天開始減肥。

5 松本良子：是嗎，我也曾經 (4) 多次減肥。

6 瑪　麗　亞：怎麼減肥的？

7 松本良子：每天只吃蘋果，喝很多水等。

8 松本部長：不過 (5)，過度 (6) 的減肥對身體 (7) 並不好哦。

9 瑪　麗　亞：是呀。

10 松本良子：瑪麗亞，這個蛋糕很好吃哦。

11 瑪　麗　亞：是嗎？

……。減肥從明天再開始吧。

第 *19* 課　ダイエットは　あしたから　します

無理（むり）な　ダイエットは
体（からだ）によくないですよ。

ダイエットは　また　あし
たから　します。

解説

❶ ダイエット

　　原是「(為了治療或調節體重)規定的飲食」之意，現在用來表示「減肥」。「ダイエットをする」表示「減肥」。

❷ 乾杯

　　日本人在舉杯慶賀的時候通常也有說「乾杯」的習慣，和中文的「乾杯」意思相同。只是日本式的乾杯並不像中國式的乾杯那樣一口喝完，而只是小飲一口。

❸ 実は

　　「実は」是一個副詞，相當於中文的「說真話，老實說，說實在的」之意，用於切入正題或引出事實真相時使用。如：

(1) 実は、私にもよくわかりません。

　　　說真的，我也不太明白。

(2) 実は、今日ちょっとお願いしたいことがあるんですが。

　　　說實在的，今天我有事相求。

(3) 実は、私はあの人のことがあまり好きじゃありません。

　　　老實說，我不太喜歡那個人。

❹ 何回も

　　「何回も」表示「許多回，無數回，若干回」之意。

　　在日語中，「表示數量的疑問詞＋も」相當於「許多～，無數～，若干～」之意。如：

(1) 何人も　　　　　　　　　許多人，若干人

(2) 何匹も　　　　　　　　　許多隻，無數隻

(3) 何度も　　　　　　　　　許多次，無數次

(4) 何日間も　　　　　　　　許多天，若干天

(5) 何回も読みましたが、まだ覚えられません。

讀了許多遍，可還是記不住。

(6) 何時間も待ちましたが、彼女はまだ来ません。

等了好幾個小時，她卻還沒來。

❺ しかし

「しかし」是一個接續詞，表示前後轉折的關係，相當於中文的「可是，但是，然而」之意。如：

(1) 私は上海へ行きたい。しかし、暇がありません。

我想去上海，可是沒有時間。

(2) 物価が上がった。しかし、月給は上がらない。

物價上漲了，可是薪資不漲。

❻ 無理

「無理」一詞有名詞和な形容詞兩種詞性。有「無理，不講理，不合理」；「勉強，不合適，難以辦到」；「過分，過度」等許多意思。在本課會話中表示「過度，過分」之意。

(1) 無理な要求を出す。

提出無理的要求。

(2) その仕事は彼には無理だろう。

那個工作對他來說恐怕有些勉強吧！

(3) 無理な勉強をして、体を壊さないように気を付けなさい。

注意不要過度用功把身體累壞了。

❼ 体にいい

「体にいい」表示「對身體有益」。「～にいい」表示「對～有益、對～有好處」之意。「に」在這裡表示對象。其否定形式為「～によくない」(對～不好，不利於～)。如：

(1) 無理な勉強は体によくない。 過度用功對身體沒有好處。

(2) 運動は体にいいです。 運動有益身體健康。

(3) この薬は目にいいです。 這種藥對眼睛有好處。

減肥從明天開始

皆　　　　　：乾杯。

　　　　　※　　　　※　　　　※

松本部長：どうも。すみません。

　　　　　どうも。どうぞ。

松本良子：マリアさん、あまり　食べませんね。

マ　リ　ア：ええ。実は　きのうから　＿＿＿＿＿＿をしています。

松本良子：そうですか。わたしも　＿＿＿＿　ダイエットを

　　　　　＿＿＿＿＿＿＿＿＿。

マ　リ　ア：どんな　ダイエットですか。

松本良子：毎日　リンゴだけ　＿＿＿＿＿＿、水を　たくさん

　　　　　＿＿＿＿＿＿　しました。

松本部長：しかし、無理な　ダイエットは　＿＿＿＿＿＿＿＿＿。

マ　リ　ア：そうですね。

松本良子：マリアさん、この　ケーキ、おいしいですよ。

マ　リ　ア：そうですか。

　　　　　……。ダイエットは　また　＿＿＿＿＿＿＿＿＿。

　　　　ダイエットは　あしたから　します

暑假要怎麼過

学習のポイント

1 夏休みは どう するの

2 ううん。帰りたいけど、……

3 どう しようかな……

4 じゃ、よかったら、いっしょに 行かない

5 うん。いつごろ

6 じゃ、いろいろ 調べて、また 電話するよ

7 ありがとう。待ってるよ

単語
^{たん}^ご

1. こばやし　　　　　　　小林　　　　　　小林

2. くにへ　かえるの？　　国へ　帰るの？　你要回國嗎？

3. ううん。　　　　　　　　　　　　　　嗯。

4. どう　するの？　　　　　　　　　　　你準備怎麼做？

5. ～くん　　　　　　　　～君　　　　　男性對同輩或晚輩間
的稱呼

6. どう　しようかな。　　　　　　　　　我該怎麼做呢？

7. ふじさん　　　　　　　富士山　　　　富士山

8. のぼります（のぼった）登ります（登った）爬，登

9. ある？　　　　　　　　　　　　　　有嗎？

10. よかったら　　　　　　　　　　　　如果方便的話，如果
你願意

11. いきます（いかない）行きます（行かない）去

12. うん。　　　　　　　　　　　　　　好呀！

13. ～ごろ　　　　　　　　　　　　　～左右

14. …がつ　　　　　　　　…月　　　　…月

15. はじめ　　　　　　　　初め　　　　開始

16. いいね。　　　　　　　　　　　　好呀！

17. いろいろ　　　　　　　　　　　　各式各樣

18. しらべます（しらべて）調べます（調べて）查

19. ～よ。　　　　　　　　　　　　　～喔！

20. まちます（まって）　待ちます（待って）等

DVD VIDEO （初級 II - T7）

夏休みは どう するの (1) ？

1 小　　林：夏休みは 国へ 帰るの？

2 タワポン：ううん。 帰りたいけど、・・・・・・ (2)。
　　　　　　小林君は どう するの？

3 小　　林：どう しようかな・・・・・・ (3)。
　　　　　　タワポン君、富士山に 登った こと ある？

4 タワポン：ううん。

5 小　　林：じゃ、よかったら、いっしょに 行かない (4) ？

6 タワポン：うん。 いつごろ (5) ？

7 小　　林：8月の 初めごろは どう？

8 タワポン：いいね。

9 小　　林：じゃ、いろいろ 調べて、また 電話するよ (6)。

10 タワポン：ありがとう。 待ってるよ (7)。

夏休みは 国へ 帰るの？

小林君は どう するの？

かいわ　DVD（初級Ⅱ-T7）

なつやすみは　どう　するの？

1 こばやし：なつやすみは　くにへ　かえるの？

2 タワポン：ううん。かえりたいけど、……。
　　　　　　こばやしくんは　どう　するの？

3 こばやし：どう　しようかな……。
　　　　　　タワポンくん、ふじさんに　のぼった　こと　ある？

4 タワポン：ううん。

5 こばやし：じゃ、よかったら、いっしょに　いかない？

6 タワポン：うん。いつごろ？

7 こばやし：はちがつの　はじめごろは　どう？

8 タワポン：いいね。

9 こばやし：じゃ、いろいろ　しらべて、また　でんわするよ。

10 タワポン：ありがとう。まってるよ。

富士山（ふじさん）に　登（のぼ）った　こと
ある？

いつごろ？

暑假要怎麼過 (1)

1 小　林：暑假要回國嗎？

2 瓦　朋：嗯。想回去，不過…… (2) 。
　　　　　小林你準備怎麼過？

3 小　林：做什麼好呢…… (3) 。
　　　　　瓦朋，你爬過富士山嗎？

4 瓦　朋：沒有。

5 小　林：那，如果你願意，一起去怎麼樣 (4) ？

6 瓦　朋：好呀，什麼時候 (5) ？

7 小　林：8 月初怎麼樣？

8 瓦　朋：好呀。

9 小　林：那我查過一些資訊之後，再打電話給你 (6) 。

10 瓦　朋：謝謝。我就等你的電話囉 (7) 。

第 **20** 課　夏休みは　どう　する の？

8月の　初めごろは　ど
う？

また　電話するよ。

暑假要怎麼過　59

解説

❶ 夏休みは どう するの

在本課中，說話者「小林」和「タワポン」因是較親密的朋友，所以說話時比較隨便，交談時，句子沒有使用鄭重語（敬體）「です」「ます」的形式，而是使用了常體（動詞基本形）結句。

「の」是終助詞，主要為女性，兒童用語，有如下幾種用法：

一、表示提問，此時用上升語調。如：

(1) 何をするの。　　　　　　　　　　你要做什麼？

(2) あなたは好きなの。　　　　　　　你喜歡嗎？

(3) どこが悪いの。　　　　　　　　　你哪裡不舒服？

二、表示輕微的斷定語氣。如：

(1) いいえ、違うの。　　　　　　　　不，不是那樣。

(2) 私はとてもいやなの。　　　　　　我討厭死了。

三、表示說服語氣，此時發強音。如：

(1) あなたは心配しないで、勉強だけしていればいいの。

　　你不要擔心，只管用功就好了。

❷ ううん。帰りたいけど、……

「ううん」是感嘆詞，表示否定，不同意或遲疑。相當於中文「嗯」。如：

(1) もうやったのか？—ううん。　　　你做了沒有？——嗯，沒有。

❸ どう しようかな……

「しよう」是詞「する」接續推量形「う、よう」構成。「かな」是由疑問終助詞「か」和感嘆助動詞「な」構成，表示疑問或懷疑口吻。如：

(1) どうしたかな。　　　　　　　　　怎麼了呀？

(2) 彼もそんな男になったかな（あ）。難道他也變成那樣的人了。

❹ じゃ、よかったら、いっしょに 行かない

「たら」用法詳見第25課語法說明。

❺ うん。いつごろ

「うん」是「はい」更通俗平易的説法，表示同意的回答，相當於中文的「嗯」，

如：

　　(1)「うん」と返事をしました。　　　嗯了一聲。

　　(2) うん、わかったよ。　　　　　　嗯，曉得了。

❻ じゃ、いろいろ　調べて、また　電話するよ

「じゃ」是「では」的簡略形式，多用於口語。

「いろいろ」既可作名詞，也可做な形容詞和副詞，其用法如下：

　　(1) デパートでいろいろな物を買いました。（な形容詞）

　　　　在百貨公司買了各種東西。

　　(2) 世の中の人はいろいろです。（名詞）

　　　　世上的人行行色色（有好人也有壞人）。

　　(3) 友達といろいろ話をしました。（副詞）

　　　　和朋友天南地北地聊天。

❼ ありがとう。待ってるよ

「てる」是「ている」的簡略形式，多用於口語中。接撥音便時變為「でる」，

如：

　　(1) 笑ってる。　　　　　　　　　　笑著。

　　(2) 立ってる。　　　　　　　　　　站著。

　　(3) 飛んでる。　　　　　　　　　　飛著。

小　　林：夏休みは　国へ　帰るの？

タワポン：ううん。　＿＿＿＿＿＿＿＿、……。

　　　　　小林君は　＿＿＿＿＿＿＿？

小　　林：＿＿＿＿＿＿＿＿＿……。

　　　　　タワポン君、富士山に　＿＿＿＿＿＿　ある？

タワポン：ううん。

小　　林：じゃ、＿＿＿＿＿、いっしょに　行かない？

タワポン：うん。　いつごろ？

小　　林：8月の　初めごろは　どう？

タワポン：いいね。

小　　林：じゃ、いろいろ　調べて、＿＿＿＿＿＿＿。

タワポン：ありがとう。　＿＿＿＿＿。

第 21 課 わたしも そう 思います

我也這麼認為

学習のポイント

1 あ、

2 しばらくですね

3 お元気ですか

4 ビールでも飲みませんか

5 見ないと……

6 もちろん

7 私もそう思いますが、……

8 もう 帰らないと……

1. しばらくですね。 　　　　　　　　　　　　　好久不見了。
2. ビール 　　　　　　　　　　　　　　　　　　啤酒
3. ～でも　のみませんか。～でも　飲みませんか。 喝點～好嗎？
4. ブラジル 　　　　　　　　　　　　　　　　　巴西
5. サッカー 　　　　　　　　　　　　　　　　　足球
6. しあい 　　　　　　　試合 　　　　　　　　比賽
7. みないと……。 　　　見ないと……。 　　　一定要看，否則……。
8. かちます（かつ） 　　勝ちます（勝つ） 　　赢
9. おもいます 　　　　　思います 　　　　　　認為
10. もちろん 　　　　　　　　　　　　　　　　當然
11. さいきん 　　　　　　最近 　　　　　　　　最近
12. つよく 　　　　　　　強く 　　　　　　　　強
13. なります（なりました） 　　　　　　　　變成
14. かえらないと……。 　　帰らないと……。 　我該回去了……。

サントスさん、しばらくで
すね。

<ruby>松本<rt>まつもと</rt></ruby>さん、お<ruby>元気<rt>げんき</rt></ruby>ですか。

わたしも　そう　<ruby>思<rt>おも</rt></ruby>います

わたしも　そう　思います

1 松　本：あ (1)、サントスさん、しばらくですね (2)。

2 サントス：あ、松本さん、お元気ですか (3)。

3 松　本：ええ。　ちょっと　ビールでも　飲みませんか (4)。

4 サントス：いいですね。

5 サントス：今晩　10時から　日本と　ブラジルの　サッカーの
　　　　　　試合が　ありますね。

6 松　本：ああ、そうですね。ぜひ　見ないと‥‥‥ (5)。
　　　　　　サントスさんは　どちらが　勝つと　思いますか。

7 サントス：もちろん (6)　ブラジルですよ。

8 松　本：でも、最近　日本も　強く　なりましたよ。

9 サントス：ええ、わたしも　そう　思いますが、‥‥‥ (7)。
　　　　　　あ、もう　帰らないと‥‥‥ (8)。

10 松　本：そうですね。　じゃ、帰りましょう。

ビールでも　飲みません
か。

サッカーの試合が　あり
ますね。

第 **21** 課 わたしも　そう　思います

我也這麼認為　　　65

かいわ　DVD (初級II-T8)

わたしも　そう　おもいます

1 まつもと：あ、サントスさん、しばらくですね。

2 サントス：あ、まつもとさん、おげんきですか。

3 まつもと：ええ。ちょっと　ビールでも　のみませんか。

4 サントス：いいですね。

　　　　　　※　　　　※　　　　※

5 サントス：こんばん　じゅうじから　にほんと　ブラジルの
　　　　　　サッカーの　しあいが　ありますね。

6 まつもと：ああ、そうですね。ぜひ　みないと……。
　　　　　　サントスさんは　どちらが　かつと　おもいますか。

7 サントス：もちろん　ブラジルですよ。

8 まつもと：でも、さいきん　にほんも　つよく　なりましたよ。

9 サントス：ええ、わたしも　そう　おもいますが、……。
　　　　　　あ、もう　かえらないと……。

10 まつもと：そうですね。じゃ、かえりましょう。

どちらが　勝つと　思いますか。

ブラジルですよ。

中　譯　**DVD** VIDEO （初級 II - T8）

我也這麼認為

1 松　　本：啊(1)，山多斯先生，好久不見了(2)。

2 山多斯：啊，松本先生，你好嗎(3)？

3 松　　本：我很好。一起去喝點啤酒什麼的好嗎(4)？

4 山多斯：好呀。

　　　　　　　　　※　　　　　※　　　　　※

5 山多斯：今晚 10 點起有日本和巴西的足球賽吧。

6 松　　本：啊，對呀。一定要看……(5)。

　　　　　　山多斯先生認為哪一隊會贏呢？

7 山多斯：當然(6)是巴西呀。

8 松　　本：不過最近日本隊也很強呀。

9 山多斯：是呀，我也這麼認為(7)。

　　　　　　啊，我該回去了……(8)。

10 松　　本：是呀。那回去吧。

第 **21** 課　わたしも　そう　思(おも)います

もう　帰(かえ)らないと……。

じゃ、帰(かえ)りましょう。

解説

❶ あ

「あ、」是日語口語中常用的感嘆詞之一，用於打招呼時相當於中文的「喂！」；其次，「あ、」還可用於應答時表示「是」，相當於「はい」的意思；此外，「あ、」也可用於表示吃驚或突然間想起什麼時，相當於中文的「呀！唉呀！」之意。

 (1) あ、君ちょっと。   喂！你來一下／你等一下。

 (2) あ、わかりました。   是！明白了。

 (3) あ、財布を持ってくるのを忘れちゃった。

   唉呀！忘了帶錢包了！

❷ しばらくですね

「しばらく」是副詞，表示「暫時，不久，不一會兒」和「許久，好久」兩種含義。在本課會話中「しばらく」表示的是第二種意思。「しばらくですね」相當於中文的「久違了，好久不見了」是久未謀面的朋友見面時常用的寒暄語之一，此外，表示「久違了，好久不見了」還可以說「ひさしぶりですね」。

 (1) しばらく待ってください。   請稍等一會兒。

 (2) やあ、ほんとうにしばらくですね。

  ＝やあ、ほんとうにひさぶりですね。 哎呀，真的是好久不見啊！

❸ お元気ですか

「元気」有名詞和な形容詞兩種詞性，表示「精神，元氣，健康」等含義。「お元気ですか」是日語中經常用來問候的寒暄語，相當於中文的「你好嗎？」，「身體好嗎？」之意。

❹ ビールでも飲みませんか

「でも」在此作提示助詞用，不說明具體情況只是舉例提示，相當於中文的「之類，譬如」之意，有時也可不必譯出。「～ませんか」是委婉地邀請聽話人的表達方式（詳細內容可參考第6課語法部分）。「ビールでも飲みませんか。」表示「不喝點啤酒之類的嗎？」。

 わたしも そう 思います

（1）日曜日には映画でも見に行きませんか。

　　星期天不去看個電影什麼的嗎？

（2）先生にでも相談しませんか。

　　不和老師商量一下嗎？

❺ <u>見ないと……</u>

　　「見ないと……」的完整說法應該是：「見ないといけません」，表示「不看不行」，「非看不可」的意思。日語口語中經常出現類似的省略現象，可根據談話的具體內容或說話人的語氣推測出具體含義。如：

A： あした、いっしょに映画を見に行かない？

　　明天一起去看電影怎麼樣啊？

B： そうですね。あしたはちょっと……

　　這個嘛……我明天有點……（不太方便）

❻ <u>もちろん</u>

　　「もちろん」是副詞，表示「當然，不用說，不言而喻」等意如：

（1）それはもちろんのことです。　　　　　　那是理所當然的事。

（2）アイスクリームは好きですか。　　　　　喜歡吃冰淇淋嗎？

　　——もちろんですよ。　　　　　　　　　——當然啦！

（3）英語はもちろん、日本語もできますよ。　英語當然不用說，還會

　　　　　　　　　　　　　　　　　　　　　日語呢！

❼ <u>私もそう思いますが、……</u>

　　這裡的「が」是表示逆接的接續助詞，可譯作「可是，但是」。本課會話中「私もそう思いますが、……」後面省略了「やはりブラジルのほうが勝つと思います」，即「我也這麼認為，可還是覺得巴西會贏」。

❽ <u>もう　帰らないと……</u>

　　這裡的「もう帰らないと……」的完整說法應該是「もう帰らないといけません」，表示「我該回去了」「我必須回去了」的意思。

我也這麼認為　　　　69

練習

松本: あ、サントスさん、＿＿＿＿＿＿＿＿＿。

サントス: あ、松本さん、お元気ですか。

松本: ええ。 ちょっと ＿＿＿＿＿＿ 飲みませんか。

サントス: ＿＿＿＿＿＿。

サントス: 今晩 10時から 日本と ブラジルの

＿＿＿＿＿＿＿＿が ありますね。

松本: ああ、そうですね。ぜひ 見ないと……。

サントスさんは ＿＿＿＿＿ 勝つと 思いますか。

サントス: ＿＿＿＿＿ ブラジルですよ。

松本: でも、最近 日本も ＿＿＿＿＿＿＿＿。

サントス: ええ、わたしも ＿＿＿ 思いますが、……。

あ、＿＿＿ 帰らないと……。

松本: そうですね。 じゃ、＿＿＿＿＿＿。

わたしも そう 思います

什麼樣的公寓好

学習のポイント

1 どんな　アパートが　いいですか
2 家賃は　8万円です
3 ダイニングキチンと　和室が　一つと……
4 押し入れです

単語

1. ふどうさんや　　　　　不動産屋　　　　　房屋仲介商
2. やちん　　　　　　　　家賃　　　　　　　房租
3. うーん……。　　　　　　　　　　　　　　我想想看。
4. とおい　　　　　　　　遠い　　　　　　　遠的
5. べんり　　　　　　　　便利　　　　　　　方便
6. あるきます（あるいて）歩きます（歩いて）歩行
7. …ふん（…ぷん）　　　…分　　　　　　　…分鐘
8. ダイニングキチン　　　　　　　　　　　　兼作餐廳的廚房
9. わしつ　　　　　　　　和室　　　　　　　和室
10. おしいれ　　　　　　　押し入れ　　　　　日式壁櫥
11. ふとん　　　　　　　　布団　　　　　　　棉被和墊被
12. いれます（いれる）　　入れます（入れる）放入
13. アパート　　　　　　　　　　　　　　　　公寓
14. いきましょう　　　　　行きましょう　　　走吧

どんな アパートが いいですか (1)

1 ワ　　ン：失礼します。

2 不動産屋：こちらは　いかがですか。
　　　　　　家賃は　8万円です (2)。

3 ワ　　ン：うーん……。ちょっと　駅から　遠いですね。

4 不動産屋：じゃ、こちらは？
　　　　　　便利ですよ。駅から　歩いて　3分ですから。

5 ワ　　ン：そうですね。
　　　　　　ダイニングキチンと　和室が　1つと…… (3)。
　　　　　　すみません。ここは　何ですか。

6 不動産屋：押し入れです (4)。布団を　入れる　所ですよ。

7 ワ　　ン：そうですか。
　　　　　　この　アパート、きょう　見る　ことが　できますか。

8 不動産屋：ええ。　今から　行きましょうか。

9 ワ　　ン：ええ、お願いします。

失礼します。

家賃は　8万円です。

第 **22** 課　どんな　アパートが　いいですか

什麼樣的公寓好

◀ **かいわ** ▶　DVD (初級Ⅱ‐T9)

どんな　アパートが　いいですか

1 ワ　　　　ン：しつれいします。

2 ふどうさんや：こちらは　いかがですか。

やちんは　はちまんえんです。

3 ワ　　　　ン：うーん……。ちょっと　えきから　とおいですね。

4 ふどうさんや：じゃ、こちらは？

べんりですよ。えきから　あるいて　さんぷんで

すから。

5 ワ　　　　ン：そうですね。

ダイニングキチンと　わしつが　ひとつと……。

すみません。ここは　なんですか。

6 ふどうさんや：おしいれです。ふとんを　いれる　ところですよ。

7 ワ　　　　ン：そうですか。

この　アパート、きょう　みる　ことが　できま

すか。

8 ふどうさんや：ええ。いまから　いきましょうか。

9 ワ　　　　ン：ええ、おねがいします。

駅から　遠いですね。

じゃ、こちらは？

 中譯 **DVD** VIDEO （初級 II - T9）

什麼樣的公寓好 (1)

1 王	：打擾了。
2 房屋仲介商	：這邊的怎麼樣？
	房租是 8 萬日元 (2)。
3 王	：嗯……。離車站稍微遠了一點。
4 房屋仲介商	：那麼，這間呢？
	很方便喲，從車站步行只要 3 分鐘。
5 王	：對呀。
	有兼餐廳的廚房和一間和室…… (3)。
	請問，這是什麼？
6 房屋仲介商	：是壁櫥 (4)，放棉被的地方。
7 王	：是嗎？這間公寓，今天能看看嗎？
8 房屋仲介商	：可以，現在就去好嗎？
9 王	：好的，那就麻煩你了。

ここは 何_{なん}ですか。

今_{いま}から 行_いきましょうか。

解説

❶ どんな アパートが いいですか

在日本，「アパート」多指公寓。與此類似的詞還有「マンション」「寮」「一戸建て」。「マンション」指的是房間裡附有廚房和衛浴設備的高級公寓（一般指有電梯的大樓住宅），條件比「アパート」好。「寮」指的是學生宿舍或是公司宿舍。「一戸建て」指的是獨門獨戶的住宅。

❷ 家賃は 8万円です

「家賃」指的是房租，類似的詞還有「電話代」（電話費）「電気代」（電費）「ガス代」（瓦斯費）「学費」（學費）「生活費」（生活費）「高速道路の料金」（高速公路過路費）。

在日本居住，除了一些大學、團體提供的宿舍外，很多時候都需要自己找房子。當地可供出租的房屋有高級公寓和一般公寓，此外還有所謂家庭出租多餘房間的「下宿」。租房子除了參考《賃貸住宅》雜誌外，最好是去離大學或是工作地點較近的「不動産屋」（房屋仲介商）。

租房子時，第一次除要交付「家賃」（房租）外，還要付「礼金」（禮金）「敷金」（押金）等。詳見第28課語法解釋中的參考詞彙。

❸ ダイニングキチンと 和室が 一つと……

「ダイニング」一詞來自英語的dining，相當於中文的「吃飯，用餐，進餐」。「キチン」來自英語的kitchen，也可寫作「キッチン」，相當於中文的「廚房」。「ダイニングキチン」(dining kitchen) 是兼做餐廳的廚房，一般略寫為「DK」。

近年，日本人日常生活逐漸西化，不僅在吃飯時分「洋食」（西餐）「和食」（日式餐），在居住方面也發生了變化。目前的住宅大都採用「和洋折衷（わようせっちゅう）」的方式。即一間房子裡既有「和室」也有「洋室」。

「和室」指的是和式房間，即日本傳統式的房間，內鋪有榻榻米。「和室」的面積一般按鋪幾張「畳」來計算。面積小一點的有「四畳半」，大一點的有「六畳」「八畳」。「洋室」指西式風格的房間佈置。

❹ 押し入れです

「押し入れ」是和式房間裡用來放置棉被、墊被，各種生活用具以及小東西的壁櫥。

ワ　ン：失礼します。

不動産屋：こちらは　いかがですか。

　　　　　家賃は　8万円です。

ワ　ン：うーん‥‥‥。ちょっと ＿＿＿＿＿＿＿＿＿＿。

不動産屋：じゃ、こちらは？

　　　　　＿＿＿＿＿＿。駅から　歩いて　3分ですから。

ワ　ン：そうですね。

　　　　　＿＿＿＿＿＿＿＿と　＿＿が　1つと‥‥‥。

　　　　　すみません。ここは　何ですか。

不動産屋：＿＿＿＿＿です。布団を　入れる　所ですよ。

ワ　ン：そうですか。

　　　　　この　アパート、きょう ＿＿＿＿＿＿＿＿＿＿か。

不動産屋：ええ。　＿＿＿＿　行きましょうか。

ワ　ン：ええ、＿＿＿＿＿＿。

　　どんな　アパートが　いいですか

第 **23** 課　どうやって　行きますか

怎麼去

学習のポイント

1 はい、みどり図書館です

2 12番の　バス

3 外国人登録証

単語 <small>たん ご</small>

1. みどりとしょかん　　みどり図書館　　緑意圖書館
2. どうやって　　　　　　　　　　　　怎麼做
3. ほんだえき　　　　　本田駅　　　　本田站（虛構的車站名）
4. …ばん　　　　　　　…番　　　　　…路
5. バス　　　　　　　　　　　　　　　公車
6. のります（のって）　乗ります（乗って）搭乘
7. としょかんまえ　　　図書館前　　　圖書館前（虛構的車站名）
8. おります（おりて）　降ります（降りて）下
9. …め　　　　　　　　…目　　　　　第…
10. こうえん　　　　　　公園　　　　　公園
11. たてもの　　　　　　建物　　　　　建築物
12. ほん　　　　　　　　本　　　　　　書
13. かります（かりる）　借ります（借りる）借
14. いります　　　　　　要ります　　　需要
15. ～の　かた　　　　　～の　方　　　～的人
16. がいこくじんとうろくしょう

　　　　　　　　　　　外国人登録証　　外國人登錄證
17. もちます（もって）　持ちます（持って）拿
18. きます（きて）　　　来ます（来て）　來

　　どうやって　行きますか <small>い</small>

どうやって　行きますか

1 図書館の　人：はい、みどり図書館です(1)。

2 カリナ　　　：あのう、そちらまで　どうやって　行きますか。

3 図書館の　人：本田駅から　12番の　バス(2)に　乗って、
図書館前で　降りて　ください。　3つ目です。

4 カリナ　　　：3つ目ですね。

5 図書館の　人：ええ。　降りると、前に　公園が　あります。
図書館は　その　公園の　中の　白い　建物です。

6 カリナ　　　：わかりました。
それから　本を　借りる　とき、何か　要りますか。

7 図書館の　人：外国の　方ですか。

8 カリナ　　　：はい。

9 図書館の　人：じゃ、外国人登録証(3)を　持って　来てください。

10 カリナ　　　：はい。　どうも　ありがとう　ございました。

みどり図書館です。

怎麼去

どうやって　いきますか

1 としょかんの　ひと：はい、みどりとしょかんです。

2 カリナ　　　　　　：あのう、そちらまで　どうやって　いきますか。

3 としょかんの　ひと：ほんだえきから　じゅうにばんのバスに
　　　　　　　　　　　のって、としょかんまえで　おりて　く
　　　　　　　　　　　ださい。みっつめです。

4 カリナ　　　　　　：みっつめですね。

5 としょかんの　ひと：ええ。おりると、まえに　こうえんがあります。
　　　　　　　　　　　としょかんは　その　こうえんの　なかの
　　　　　　　　　　　しろい　たてものです。

6 カリナ　　　　　　：わかりました。
　　　　　　　　　　　それから　ほんを　かりる　とき、なにか
　　　　　　　　　　　いりますか。

7 としょかんの　ひと：がいこくの　かたですか。

8 カリナ　　　　　　：はい。

9 としょかんの　ひと：じゃ、がいこくじんとうろくしょうを
　　　　　　　　　　　もって　きて　ください。

10 カリナ　　　　　　：はい。どうも　ありがとう　ございました。

そちらまで　どうやって　行
きますか。

怎麼去

1 圖書館員：你好，這是綠意圖書館₍₁₎。

2 卡 莉 娜：請問，要怎麼去貴館呢？

3 圖書館員：請從本田車站搭 12 路公車₍₂₎，在圖書館前下車。

是第 3 站。

4 卡 莉 娜：第 3 站對吧。

5 圖書館員：是的，下車後，前面有個公園。

圖書館是那個公園裡的白色建築物。

6 卡 莉 娜：我知道了。

還有，借書時需要什麼證件嗎？

7 圖書館員：您是外國人嗎？

8 卡 莉 娜：是的。

9 圖書館員：那麼，請把外國人登錄證₍₃₎帶來。

10 卡 莉 娜：好的，謝謝。

こうえん　なか　しろ　たてもの
公園の 中の 白い 建物
です。

第 **23** 課　どうやって 行きますか

解説

❶ はい、みどり図書館です

日本人打電話時經常說「もしもし」，相當於中文的「喂」。如：

(1) もしもし、李さんいますか。

喂，請問李先生在嗎？

(2) もしもし、こちらは王ですが。

喂，我姓王。

但是，總機或是在公司等比較正式的場合接電話時通常不說「もしもし」，而是說「はい、～です／でございます」。可譯作「您好，這裡是～」。如：

(1) はい、三越デパートです。

您好，這裡是三越百貨公司。

(2) はい、ＡＢＣ会社でございます。

您好，這裡是ABC公司。

此外，作爲有禮貌的表現，日本人打電話時通常是先說出自己的姓名，再詢問對方。而長時間的電話交談或是在深夜、清早打電話給別人都被認爲是沒有禮貌的行爲。

❷ 12番のバス

日語中，「～路公車」用「～番のバス」表示。「第～站」用「～番目の停留所」表示。

❸ 外国人登録証

　到日本學習、工作的外國人必須辦理「外国人登録証」，以證明其在日本居留期間的合法身分。「外国人登録証」可直接譯爲「外國人登錄證」。

図書館の 人： はい、みどり図書館です。

カリナ ： あのう、そちらまで ＿＿＿＿＿＿＿＿＿＿＿。

図書館の 人： 本田駅から 12番の バスに 乗って、

図書館前で ＿＿＿＿＿＿＿＿＿。 ＿＿＿＿＿＿＿＿＿。

カリナ ： 3つ目ですね。

図書館の 人： ええ。 降りる＿、前に 公園が ＿＿＿＿＿＿。

図書館は その 公園の 中の 白い 建物で

す。

カリナ ： わかりました。

それから ＿＿＿＿＿＿＿ とき、何か 要ります

か。

図書館の 人： 外国の 方ですか。

カリナ ： はい。

図書館の 人： じゃ、外国人登録証を ＿＿＿＿＿＿＿＿＿＿＿。

カリナ ： はい。 どうも ありがとう ございました。

能幫個忙嗎

学習のポイント

1　ワンさん、あした　引っ越しですか
2　ほかに　だれが　手伝いに　行きますか
3　山田さんに　ワゴン車を　貸して　もらいます
4　えーと……
5　わたしが　お弁当を　持って　行きましょうか

単語 (たんご)

1. ひっこし	引っ越し	搬家
2. てつだい	手伝い	幫忙
3. ほかに		其他
4. だれ	誰	誰
5. くるま	車	車子
6. ワゴンしゃ	ワゴン車	客貨兩用車
7. かします（かして）	貸します（貸して）	借
8. どう　しますか。		怎麼辦？
9. ［お］べんとう	［お］弁当	便當
10. もちます（もって）	持ちます（持って）	拿

手伝って　くれますか

手伝って くれますか

1 カリナ：ワンさん、あした 引っ越しですね(1)。
　　　　　手伝いに 行きましょうか。

2 ワ　ン：ありがとう ございます。
　　　　　じゃ、すみませんが、9時ごろ お願いします。

3 カリナ：ほかに だれが 手伝いに 行きますか(2)。

4 ワ　ン：山田さんと ミラーさんが 来て くれます。

5 カリナ：車は？

6 ワ　ン：山田さんに ワゴン車を 貸して もらいます(3)。

7 カリナ：昼ごはんは どう しますか。

8 ワ　ン：えーと……(4)。

9 カリナ：わたしが お弁当を 持って 行きましょうか(5)。

10 ワ　ン：すみません。 お願いします。

11 カリナ：じゃ、また あした。

第 24 課 手伝って くれますか

あした 引っ越しですね。

ワゴン車を 貸して もらいます。

能幫個忙嗎

かいわ

DVD VIDEO （初級II‑T11）

てつだって　くれますか

1 カリナ：ワンさん、あした　ひっこしですね。
　　　　　てつだいに　いきましょうか。

2 ワ　ン：ありがとう　ございます。
　　　　　じゃ、すみませんが、くじごろ　おねがいします。

3 カリナ：ほかに　だれが　てつだいに　いきますか。

4 ワ　ン：やまださんと　ミラーさんが　きて　くれます。

5 カリナ：くるまは？

6 ワ　ン：やまださんに　ワゴンしゃを　かして　もらいます。

7 カリナ：ひるごはんは　どう　しますか。

8 ワ　ン：えーと……。

9 カリナ：わたしが　おべんとうを　もって　いきましょうか。

10 ワ　ン：すみません。おねがいします。

11 カリナ：じゃ、また　あした。

昼ごはんは　どう　しま
すか。

えーと……。

能幫個忙嗎

I 卡莉娜：王先生，你明天搬家對吧(1)。

　　　　　我去幫個忙吧。

2 王　　：謝謝。

　　　　　那麼，麻煩妳明天9點左右來。

3 卡莉娜：其他還有誰會去幫忙嗎(2)？

4 王　　：山田先生和米勒先生也會來。

5 卡莉娜：車子呢？

6 王　　：向山田先生借了客貨兩用車(3)。

7 卡莉娜：午飯準備怎麼辦？

8 王　　：嗯……(4)。

9 卡莉娜：那我帶便當去吧(5)。

10 王　　：不好意思，麻煩妳了。

II 卡莉娜：那麼，明天見。

第
24
課　手伝って　くれますか

お弁当を　持って　行き
ましょうか。

じゃ、また　あした。

❶ ワンさん、あした 引っ越しですか

日本人習慣在搬家後送給鄰居一些小禮物，一般多是送「引越し蕎麦（ひっこしそば）」，表示自己搬到附近，請求關照。

❷ ほかに だれが 手伝いに 行きますか

「ほか」相當於中文的「另外，別的，其他，以外」。句型「AのほかにB」不僅可以表示「除了A以外，B」的意思，還可表示「不僅A，而且B」之意。如：

(1) ほかの店

別的商店

(2) これはほかの人の帽子です。

這是別人的帽子。

(3) 君のほかに頼る人がいません。

除你以外（我）沒有可依靠的人。

(4) 釣りのほかに道楽はありません。

除釣魚外，別無愛好。

(5) 月給のほかに少し収入があります。

除薪資外還有少許收入。

(6) 佐藤ほか5名。

佐藤以外（還有）五名。

「手伝い」除表示「幫助，幫忙」外，還表示「幫手，幫忙者」。「お手伝いさん（おてつだいさん）」則相當於中文的「佣人」的意思。如：

(1) 人の（お）手伝いをします。　　幫人的忙

(2) 手伝いが要ります。　　　　　　需要幫手。

❸ 山田さんに ワゴン車を 貸して もらいます

「ワゴン」(wagon)指客貨兩用車，還指小型手推（送貨）車，或是流動服務車。

　手伝って くれますか

❹ えーと……

　　是日本人在口語中常用的感嘆詞，還可寫成「ええと」，表示一時想不起來而思考時所發的聲音，相當於中文的「嗯」。和「えーと」意思相似的感嘆詞還有「あの」「まあ（多用於男性年長者）」。

❺ わたしが　お弁当を　持って　行きましょうか

　　「お弁当」即是「便當」。「お」是表示尊敬的接頭詞。日本人吃便當時都不加熱，習慣吃冷便當。

カリナ：　ワンさん、あした　引っ越しですね。

　　　　　＿＿＿＿＿＿　行きましょうか。

ワ　ン：　ありがとう　ございます。

　　　　　じゃ、すみませんが、9時ごろ　お願いします。

カリナ：　＿＿＿＿＿　だれが　手伝いに　行きますか。

ワ　ン：　山田さんと　ミラーさんが　＿＿＿＿＿＿＿＿＿＿。

カリナ：　車は？

ワ　ン：　山田さん＿＿　ワゴン車を　＿＿＿＿＿＿＿＿＿＿＿。

カリナ：　昼ごはんは　＿＿＿＿＿＿＿＿。

ワ　ン：　えーと……。

カリナ：　わたしが　＿＿＿＿＿を　持って　行きましょうか。

ワ　ン：　すみません。　お願いします。

カリナ：　じゃ、また　あした。

第 25 課　いろいろ　お世話に　なりました

承蒙多方照顧

学習のポイント

1　お世話に　なりました
2　大阪のこと
3　一杯飲みましょう
4　ええ、ぜひ
5　頑張ります
6　お元気で

1. てんきん 転勤 調職（～します：調職）
2. おめでとう ございます。 恭喜
3. さびしい 寂しい 寂寞的
4. ～の こと ～的事
5. わすれます（わすれない）
   忘れます（忘れない） 忘記
6. ひま 暇 空閒
7. あそび 遊び 玩
8. いっぱい のみましょう。
   一杯 飲みましょう。 喝一杯吧！
9. ほんとうに 真是
10. ［いろいろ］おせわに なりました。
    ［いろいろ］お世話に なりました。
    受到您〔多方〕照顧。
11. からだに きを つけて
    体に 気を つけて 注意身體
12. がんばります。 頑張ります。 努力，盡力
13. どうぞ おげんきで。
    どうぞ お元気で。 請保重。（用在將長期分開時）

いろいろ　お世話に　なりました₍₁₎

1 山田 : 転勤、おめでとう　ございます。

2 ミラー : ありがとう　ございます。

3 木村 : ミラーさんが　東京へ　行ったら、寂しく　なりますね。
東京へ　行っても、大阪の　こと₍₂₎を　忘れないでく
ださいね。

4 ミラー : もちろん。　木村さん、暇が　あったら、ぜひ　東京
へ遊びに　来て　ください。

5 サントス : ミラーさんも　大阪へ　来たら、電話を　ください。
一杯　飲みましょう₍₃₎。

6 ミラー : ええ、ぜひ₍₄₎。
皆さん、ほんとうに　いろいろ　お世話に　なりました。

7 佐藤 : 体に　気を　つけて、頑張って　ください。

8 ミラー : はい、頑張ります₍₅₎。皆さんも　どうぞ　お元気で₍₆₎

9 皆 : 乾杯。

転勤、おめでとう　ござ
います。

東京へ　行ったら、寂しく
なりますね。

承蒙多方照顧

かいわ　DVD VIDEO（初級II - T12）

いろいろ　おせわに　なりました

1 やまだ　：てんきん、おめでとう　ございます。

2 ミラー　：ありがとう　ございます。

3 きむら　：ミラーさんが　とうきょうへ　いったら、さびしくなりますね。
　　　　　　とうきょうへ　いっても、おおさかの　ことを　わすれないで　くださいね。

4 ミラー　：もちろん。きむらさん、ひまが　あったら、ぜひ　とうきょうへ　あそびに　きて　ください。

5 サントス：ミラーさんも　おおさかへ　きたら、でんわを　ください。
　　　　　　いっぱい　のみましょう。

6 ミラー　：ええ、ぜひ。
　　　　　　みなさん、ほんとうに　いろいろ　おせわに　なりました。

7 さとう　：からだに　きを　つけて、がんばって　ください。

8 ミラー　：はい、がんばります。みなさんも　どうぞ　おげんきで。

9 みな　　：かんぱい。

ぜひ　東京へ遊びに
来て　ください。

一杯　飲みましょう。

承蒙多方照顧(1)

1 山　田：恭喜你調職。

2 米　勒：謝謝。

3 木　村：米勒先生去東京後我們會寂寞的。

　　　　　去了東京也不要忘了大阪哦(2)。

4 米　勒：當然，木村小姐，有空的話務必請來東京一遊。

5 山多斯：米勒先生也一樣，如果來大阪的話，請來個電話。

　　　　　一起去喝一杯(3)。

6 米　勒：好的，一定(4)。

　　　　　各位，真是承蒙多方照顧。

7 佐　藤：請注意身體，好好加油。

8 米　勒：好的，我會努力(5)。各位也請多保重(6)。

9 全　體：乾杯！

第
25
課
いろいろ
お世話に
なりました

いろいろ　お世話に　なり
ました。

体に　気を　つけて、頑
張って　ください。

❶ お世話になりました

「世話」有「幫助，幫忙，照顧，關照」等含義。「世話になる」表示「得到照顧，受到關照」的意思。「お世話になりました」是日本人在日常生活中經常用來的表示感謝的寒暄語之一，可譯爲「承蒙您多方關照」或「多承您照顧、幫忙」等。如：

(1) 昨年はいろいろお世話になり、どうもありがとうござい　ました。今年もどうぞよろしくお願いします。

去年承蒙您多方關照，眞是不勝感激，今年也請您繼續多多關照。（日本人過新年寫賀年卡、明信片時常用）

(2) 彼の世話をする。

照顧他／幫助他。

❷ 大阪のこと

「こと」在這裡是一個形式名詞，表示「與……有關的事情、狀況」，「以……爲中心的事情、狀況」之意。有時可以不必譯出。如：

(1) 私のことは心配しないでください。

請不要爲我擔心。

(2) 私はかれのことが好きです。

我喜歡他。

(3) どこへ行っても、わたしは家族のことを忘れない。

無論走到哪裡，我也不會忘記家人的。

❸ 一杯飲みましょう

「一杯飲みましょう」是邀請聽話人的說法，相當於中文的「一起喝一杯吧！」（用「～ましょう」表示勸誘、邀請的說法請參考第 6 課語法部分）。

④ <u>ええ、ぜひ</u>

　　「ぜひ」是副詞，表示「一定，務必，無論如何一定」等含義（可參考第18課語法部分）。這裡的「ぜひ」後面省略了具體的內容，完整的說法應該是：「ええ、ぜひ行きたいです」，即「我一定要去」。

⑤ <ruby>頑張<rt>がんば</rt></ruby>ります

　　動詞「<ruby>頑張<rt>がんば</rt></ruby>る」表示「努力，拼命，加油」等含義。這裡的「<ruby>頑張<rt>がんば</rt></ruby>ります」可譯為「我會努力的」，「我會加油的」。此外，在一些體育比賽中日本人常喊「<ruby>頑張<rt>がんば</rt></ruby>れ」、「<ruby>頑張<rt>がんば</rt></ruby>って」為運動員打氣，相當於中文的「加油」之意。

⑥ <ruby>お元気<rt>げんき</rt></ruby>で

　　「<ruby>元気<rt>げんき</rt></ruby>」有表示「精神，身體健康」等含義。「<ruby>お元気<rt>げんき</rt></ruby>で」是日本人即將久別時用來互道珍重的寒暄語，可譯為「多多保重」、「珍重」、「保重身體」等等。如：

　　(1) <ruby>お元気<rt>げんき</rt></ruby>で、さようなら。　　　　請多多保重，再見！
　　(2) どうぞ、<ruby>お元気<rt>げんき</rt></ruby>でね。　　　　　請多多保重啊！

第 **25** 課　いろいろ　お世話に　なりました

練習

山田　：転勤、＿＿＿＿＿＿＿＿＿＿＿＿＿＿＿。

ミラー　：ありがとう　ございます。

木村　：ミラーさんが　東京へ　行ったら、＿＿＿＿＿＿＿＿＿。

　　　　東京へ　行っても、大阪の　ことを　＿＿＿＿＿＿＿＿。

ミラー　：もちろん。　木村さん、＿＿＿＿＿＿＿＿、ぜひ　東京へ

　　　　＿＿＿＿　来て　ください。

サントス　：ミラーさんも　大阪へ　来たら、電話を　ください。

　　　　一杯　＿＿＿＿＿＿＿＿＿。

ミラー　：ええ、ぜひ。

　　　　皆さん、　ほんとうに　＿＿＿＿＿＿＿＿＿＿＿

　　　　＿＿＿＿＿＿＿＿＿＿。

佐藤　：体に　＿＿＿＿＿＿＿、頑張って　ください。

ミラー　：はい、＿＿＿＿＿＿。　皆さんも　どうぞ　＿＿＿＿＿。

皆　：乾杯。

— MEMO —

— MEMO —

— MEMO —

— MEMO —

— MEMO —

— MEMO —

— MEMO —

— MEMO —

國家圖書館出版品預行編目資料

大家的日本語會話教材 初級 II／
スリーエーネットワーク原文編者；大新書局編輯部中文編者
— 第 1 版 .— 臺北市：大新 .
　2002〔民 91〕
　　面；21 × 15公分
　ISBN　986-7918-01-0（第二冊 精裝附數位影音光碟片）
　1. 日本語言　會話

803.188　　　　　　　　　　　　　　　91002223

新式樣裝訂專利 請勿仿冒
專利號碼　M 249906　號

本 書 嚴 禁 在 台 灣、香 港、澳 門 等 地 區 以 外 販 售 使 用 。
本書の台湾・香港・マカオ地区以外での販売及び使用を厳重に禁止します。

大家的日本語會話教材 初級 II

2002年（民91）3月20日 第 1 版第 1 刷發行
2005年（民94）9月1日 第 1 版第 2 刷發行

定價 新台幣：800元整

原文編著　（日本）スリーエーネットワーク
中文編著　大新書局編輯部
授　　權　（日本）スリーエーネットワーク
發 行 人　林　　寶
發 行 所　大新書局
地　　址　台北市大安區(106)瑞安街256巷16號
電　　話　(02)2707-3232・2707-3838・2755-2468
傳　　真　(02)2701-1633・郵政劃撥：00173901
登 記 證　行政院新聞局局版台業字第0869號

香港地區　香港聯合書刊物流有限公司
地　　址　香港新界大埔汀麗路36號 中華商務印刷大廈3字樓
電　　話　(852)2150-2100
傳　　真　(852)2810-4201